BARBERINE

Alfred de Musset

PERSONNAGES

BÉATRIX D'ARAGON, reine de Hongrie.
LE COMTE ULRIC, gentilhomme bohémien.
ASTOLPHE DE ROSEMBERG, jeune baron hongrois.
LE CHEVALIER ULADISLAS, chevalier de fortune.
POLACCO, marchand ambulant.
BARBERINE, femme d'Ulric.
KALÉKAIRI, jeune suivante turque.
Courtisans, etc.
La scène est en Hongrie.

ACTE PREMIER

Une route devant une hôtellerie. — Un château gothique au fond, dans les montagnes.

Scène première

ROSEMBERG, L'HÔTELIER.

ROSEMBERG

Comment ! point de logis pour moi ! point d'écurie pour mes chevaux ! une grange ! une misérable grange !

L'HÔTELIER

J'en suis bien désolé, monsieur.

ROSEMBERG

À qui parles-tu, par hasard ?

L'HÔTELIER

Excusez-moi, mon beau jeune seigneur. Si cela ne dépendait que de ma volonté, toute ma pauvre maison serait bien à votre service ;

— mais vous n'ignorez pas que cette hôtellerie est sur la route d'Albe Royale, l'auguste séjour de nos Rois, où, depuis un temps immémorial, on les couronne et on les enterre.

ROSEMBERG

Je le sais bien, puisque j'y vais !

L'HÔTELIER

Bonté du ciel ! vous allez faire la guerre ?

ROSEMBERG

Adresse tes questions à mes palefreniers, et songe à me donner tout d'abord la meilleure chambre de ton vilain taudis.

L'HÔTELIER

Hé ! monseigneur, c'est impossible ! il y a au premier quatre barons moraves, au second, une dame de la Transylvanie, et au troisième, dans une petite chambre, un comte bohémien, monseigneur, avec sa femme qui est bien jolie !

ROSEMBERG

Mets-les à la porte.

L'HÔTELIER

Ah ! mon cher seigneur, vous ne voudriez pas être la cause de la ruine d'un pauvre homme. Depuis que nous sommes en guerre avec les Turcs, si vous saviez le monde qui passe par ici !

ROSEMBERG

Eh ! que m'importe ces gens-là ? dis-leur que je me nomme Astolphe de Rosemberg.

L'HÔTELIER

Cela se peut bien, monseigneur, mais ce n'est pas une raison…

ROSEMBERG
Tu fais l'insolent, je suppose. Si je lève une fois ma cravache…

L'HÔTELIER
Ce n'est pas l'action d'un gentilhomme de maltraiter les honnêtes gens.

ROSEMBERG, *le menaçant.*
Ah ! tu raisonnes ?… je t'apprendrai…

Scène II

Les Mêmes. Quelques valets accourent. LE CHEVALIER ULADISLAS sort de l'hôtellerie.

LE CHEVALIER, *sur le pas de la porte.*
Qu'est-ce, messieurs ? Qu'y a-t-il donc ?

L'HÔTELIER
Je vous prends à témoin, monsieur le chevalier. Ce jeune seigneur me cherche querelle, parce que mon hôtellerie est pleine.

ROSEMBERG
Je te cherche querelle, manant ! Querelle… à un homme de ton espèce ?

L'HÔTELIER
Un homme, monsieur, de quelque espèce qu'il soit, a toujours une espèce de dos, et si on vient lui administrer une espèce de coup de bâton…

LE CHEVALIER, *s'avançant, à l'hôtelier.*

Ne te fâche pas, ne t'effraye pas ; je vais accommoder les choses.
(À Rosemberg.)
Seigneur, je vous salue. Vous allez à la cour du roi de Hongrie ?
(L'hôtelier et les valets se retirent.)

ROSEMBERG

Oui, chevalier, c'est mon début, et je suis fort pressé d'arriver.

LE CHEVALIER

Et vous vous plaignez, à ce que je vois, de trouver la route encombrée.

ROSEMBERG

Mais oui, cela ne m'amuse pas.

LE CHEVALIER

Il est vrai que cette petite affaire, que nous avons avec les mécréants, nous attire à la cour un fort gros flot de monde. Il est peu de gens de cœur qui ne veuillent s'en mêler, et moi-même j'y ai pris part. C'est ce qui rend nos abords difficiles.

ROSEMBERG

Oh ! mon Dieu ! je ne comptais pas rester longtemps dans cette masure. C'est le ton de ce drôle qui m'a irrité.

LE CHEVALIER

S'il en est ainsi, seigneur…

ROSEMBERG

Rosemberg.

LE CHEVALIER

Seigneur Rosemberg, on me nomme le chevalier Uladislas. Il ne m'appartient pas de faire mon propre éloge, mais pour peu que vous soyez instruit de ce qui se fait dans nos armées, mon nom doit vous être connu. Le vôtre ne m'est pas nouveau, j'ai vu des Rosemberg à Baden.

(Rosemberg salue.)

Si donc vous n'êtes ici qu'en passant…

ROSEMBERG

Oui, seulement pour déjeuner, et faire rafraîchir les chevaux.

LE CHEVALIER

J'étais à table, et je mangeais un excellent poisson du lac Balaton, lorsque le bruit de votre voix est venu frapper mes oreilles. Si le voisinage de mes hommes d'armes et la compagnie d'un vieux capitaine ne sont pas choses qui vous épouvantent, je vous offre de grand cœur une place à notre repas.

ROSEMBERG

J'accepte votre offre avec empressement, et je le tiens à grand honneur.

LE CHEVALIER

Veuillez donc entrer, je vous prie. Un bon plat cuit à point est comme une jolie femme ; cela n'attend pas.

ROSEMBERG

Je le sais bien. Peste ! à propos de jolie femme…
(Ulric et Barberine entrent par une autre porte de l'auberge.)
Il me semble qu'en voilà une…

LE CHEVALIER

Vous n'avez pas mauvais goût, jeune homme.

ROSEMBERG

À moins d'être aveugle… La connaissez-vous ?

LE CHEVALIER

Si je la connais ? assurément. C'est la femme d'un gentilhomme bohémien. Venez, venez, je vous conterai cela.

(Ils entrent dans la maison.)

Scène III

ULRIC, BARBERINE, appuyée sur son bras.

BARBERINE

Il faut donc vous quitter ici !

ULRIC

Pour peu de temps ; je reviendrai bientôt.

BARBERINE

Il faut donc vous laisser partir, et retourner dans ce vieux château, où je suis si seule à vous attendre !

ULRIC

Je vais voir votre oncle, ma chère. Pourquoi cette tristesse aujourd'hui ?

BARBERINE

C'est à vous qu'il faut le demander. Vous reviendrez bientôt, dites-vous ? S'il en est ainsi, je ne suis pas triste. Mais ne l'êtes-vous pas vous-même ?

ULRIC

Quand le ciel est ainsi chargé de pluie et de brouillard, je ne sais que devenir.

BARBERINE

Mon cher seigneur, je vous demande une grâce.

ULRIC

Quel hiver ! quel hiver s'apprête ! quels chemins ! quel temps ! la nature se resserre en frissonnant, comme si tout ce qui vit allait mourir.

BARBERINE

Je vous prie d'abord de m'écouter, et en second lieu de me faire une grâce.

ULRIC

Que veux-tu, mon âme ? pardonne-moi ; je ne sais ce que j'ai aujourd'hui.

BARBERINE

Ni moi non plus, je ne sais ce que tu as, et la grâce que vous me ferez, Ulric, c'est de le dire à votre femme.

ULRIC

Eh ! mon Dieu ! non, je n'ai rien à te dire, aucun secret.

BARBERINE

Je ne suis pas une Portia ; je ne me ferai pas une piqûre d'épingle pour prouver que je suis courageuse. Mais tu n'es pas non plus un Brutus, et tu n'as pas envie de tuer notre bon roi Mathias Corvin. Écoute, il n'y aura pas pour cela de grandes paroles, ni de serments, ni même besoin de me mettre à genoux. Tu as du chagrin. Viens près de moi ; voici ma main, — c'est le vrai chemin de mon cœur, et le tien y viendra si je l'appelle.

ULRIC

Comme tu me le demandes naïvement, je te répondrai de même.

Ton père n'était pas riche ; le mien l'était, mais il a dissipé ses biens. Nous voilà tous deux, mariés bien jeunes, et nous possédons de grands titres, mais bien peu avec. Je me chagrine de n'avoir pas de quoi te rendre heureuse et riche, comme Dieu t'a rendue bonne et belle. Notre revenu est si médiocre ! et cependant je ne veux pas l'augmenter en laissant pâtir nos fermiers. Ils ne payeront jamais, de mon vivant, plus qu'ils ne payaient à mon père. Je pense à me mettre au service du Roi, et à aller à la cour.

BARBERINE

C'est en effet un bon parti à prendre. Le Roi n'a jamais mal reçu un gentilhomme de mérite ; la fortune ne se fait point attendre de lui quand on te ressemble.

ULRIC

C'est vrai ; mais si je pars, il faut que je te laisse ici ; car pour quitter cette maison où nous vivons à si grand'-peine, il faut être sûr de pouvoir vivre ailleurs, et je ne puis me décider à te laisser seule.

BARBERINE

Pourquoi ?

ULRIC

Tu me demandes pourquoi ? et que fais-tu donc maintenant ? ne viens-tu pas de m'arracher un secret que j'avais résolu de cacher ? et que t'a-t-il fallu pour cela ? un sourire.

BARBERINE

Tu es jaloux ?

ULRIC

Non, mon amour, mais vous êtes belle. Que feras-tu si je m'en vais ? tous les seigneurs des environs ne vont-ils pas rôder par les chemins ? et moi, qui m'en irai si loin courir après une ombre, ne perdrai-je pas le sommeil ? Ah ! Barberine, loin des yeux, loin du

11

cœur.

BARBERINE

Écoute ; Dieu m'est témoin que je me contenterais toute ma vie de ce vieux château et du peu de terres que nous avons, s'il te plaisait d'y vivre avec moi. Je me lève, je vais à l'office, à la basse-cour, je prépare ton repas, je t'accompagne à l'église, je te lis une page, je couds une aiguillée, et je m'endors contente sur ton cœur.

ULRIC

Ange que tu es !

BARBERINE

Je suis un ange, mais un ange femme ; c'est-à-dire que si j'avais une paire de chevaux, nous irions avec à la messe. Je ne serais pas fâchée non plus que mon bonnet fût doré, que ma jupe fût moins courte, et que cela fît enrager les voisins. Je t'assure que rien ne nous rend légères, nous autres, comme une douzaine d'aunes de velours qui nous traînent derrière les pieds.

ULRIC

Eh bien donc ?

BARBERINE

Eh bien donc ! le roi Mathias ne peut manquer de te bien recevoir, ni toi de faire fortune à sa cour. Je te conseille d'y aller. Si je ne peux pas t'y suivre, — eh bien ! comme je t'ai tendu tout à l'heure une main pour te demander le secret de ton cœur, ainsi, Ulric, je te la tends encore, et je te jure que je te serai fidèle.

ULRIC

Voici la mienne.

BARBERINE

Celui qui sait aimer peut seul savoir combien on l'aime. Fais

12

seller ton cheval. Pars seul, et toutes les fois que tu douteras de ta femme, pense que ta femme est assise à ta porte, qu'elle regarde la route, et qu'elle ne doute pas de toi. Viens, mon ami, Ludwig nous attend.

Scène IV

LE CHEVALIER, ROSEMBERG.

ROSEMBERG

Je ne connais rien de plus agréable, après qu'on a bien déjeuné, que de s'asseoir en plein air avec des personnes d'esprit, et de causer librement des femmes sur un ton convenable.

LE CHEVALIER

Vous êtes recommandé à la reine ?

ROSEMBERG

Oui, j'espère être bien reçu.
Ils s'assoient.

LE CHEVALIER

Ne doutez pas du succès, et vous en aurez. — Pendant la dernière guerre que nous fîmes contre les Turcs, sous le Vaïvode de Transylvanie, je rencontrai un soir, dans une forêt profonde, une jeune fille égarée.

ROSEMBERG

Quel était le nom de la forêt ?

LE CHEVALIER

C'était une certaine forêt sur les bords de la mer Caspienne.

ROSEMBERG

Je ne la connais pas, même par les livres.

LE CHEVALIER

Cette pauvre fille était attaquée par trois brigands couverts de fer depuis les pieds jusqu'à la tête, et montés sur des chevaux excellents.

ROSEMBERG

À quel point vos paroles m'intéressent ! je suis tout oreilles.

LE CHEVALIER

Je mis pied à terre, et, tirant mon épée, je leur ordonnai de s'éloigner. Permettez-moi de ne pas faire mon éloge ; vous comprenez que je fus forcé de les tuer tous les trois.
(Après un combat des plus sanglants…)

ROSEMBERG

Reçûtes-vous quelques blessures ?

LE CHEVALIER

L'un d'eux seulement faillit me percer de sa lance ; mais, l'ayant évitée, je lui déchargeai sur la tête un coup d'épée si violent, qu'il tomba roide mort. M'approchant aussitôt de la jeune fille, je reconnus en elle une princesse qu'il m'est impossible de vous nommer.

ROSEMBERG

Je comprends vos raisons, et me garderai bien d'insister. La discrétion est un principe pour tout homme qui sait son monde.

LE CHEVALIER

De quelles faveurs elle m'honora, je ne vous le dirai pas davantage. Je la reconduisis chez elle, et elle m'accorda un rendez-vous pour le lendemain ; mais le Roi son père l'ayant promise en mariage au Pacha de Caramanie, il était fort difficile que nous pussions nous voir en secret. Indépendamment de soixante eunuques qui veillaient jour et nuit sur elle, on l'avait confiée, depuis son enfance, à un géant nommé Molock.

ROSEMBERG

Garçon ! apportez-moi un verre de tokay.

LE CHEVALIER

Vous concevez quelle entreprise ! Pénétrer dans un château inaccessible, construit sur un rocher battu par les flots, et entouré d'une pareille garde ! Voici, seigneur Rosemberg, ce que j'imaginai. Prêtez-moi, je vous prie, votre attention.

ROSEMBERG

Sainte Vierge ! le feu me monte à la tête !

LE CHEVALIER

Je pris une barque et gagnai le large. Là, m'étant précipité dans les flots au moyen d'un certain talisman que m'avait donné un sorcier bohémien de mes amis, je fus rejeté sur le rivage, semblable en tout à un noyé. C'était à l'heure où le géant Molock faisait sa ronde autour des remparts ; il me trouva étendu sur le sable, et me transporta dans son lit.

ROSEMBERG

Je devine déjà ; c'est admirable.

LE CHEVALIER

On me prodigua des secours. Quant à moi, les yeux à demi fermés, je n'attendais que le moment où je serais seul avec le géant. Aussitôt, me jetant sur lui, je le saisis par la jambe droite, et le lançai dans la mer.

ROSEMBERG

Je frissonne… Le cœur me bat.

LE CHEVALIER

J'avoue que je courus quelque danger ; car, au bruit de sa chute, les soixante eunuques accoururent, le sabre à la main ; mais j'avais eu le temps de me rejeter sur le lit, et paraissais profondément endormi. Loin de concevoir aucun soupçon, ils me laissèrent dans la chambre avec une des femmes de la princesse pour me veiller. Alors, tirant de mon sein une fiole et un poignard, j'ordonnai à cette femme de me suivre, dans le temps que les eunuques étaient tous à souper : Prenez ce breuvage, lui dis-je, et mêlez-le adroitement dans leur vin, sinon je vous poignarde tout à l'heure. — Elle m'obéit sans oser dire un mot, et bientôt les eunuques s'étant assoupis par l'effet du breuvage, je demeurai maître du château. Je m'en fus droit à l'appartement des femmes. Je les trouvai prêtes à se mettre au lit ; mais, ne voulant leur faire aucun mal, je me contentai de les enfermer dans leurs chambres, et d'en prendre sur moi les clefs, qui étaient au nombre de six-vingts. Alors toutes les difficultés étant levées, je me rendis chez la princesse. À peine au seuil de sa porte, je mis un genou en terre : Reine de mon cœur, lui dis-je avec le ton du plus profond respect… Mais, pardonnez, seigneur Rosemberg, je suis forcé de m'arrêter. La modestie m'en fait un devoir.

ROSEMBERG

Non, je le vois, rien ne peut vous résister ! Ah ! qu'il me tarde d'être à la cour ! Mais ces breuvages inconnus, ces mystérieux talismans, où les trouverai-je, seigneur chevalier ?

LE CHEVALIER

Cela est difficile ; cependant je vous ferai une confidence : tenez, si vous avez de l'argent, c'est le meilleur talisman que vous puissiez trouver.

ROSEMBERG

Dieu merci ! je n'en manque pas ; mon père est le plus riche seigneur du pays. La veille de mon départ, il m'a donné une bonne somme, et ma tante Béatrix, qui pleurait, m'a aussi glissé dans la main une jolie bourse qu'elle a brodée. Mes chevaux sont gras et bien nourris, mes valets bien vêtus, et je ne suis pas mal tourné.

LE CHEVALIER

C'est à merveille, et il n'en faut pas davantage.

ROSEMBERG

Le pire de l'affaire, c'est que je ne sais rien ; non, je ne puis rien retenir par cœur. Les mains me tremblent à propos de tout quand je parle aux femmes.

LE CHEVALIER

Videz donc votre verre. Pour réussir dans le monde, seigneur Rosemberg, retenez bien ces trois maximes : Voir, c'est savoir ; vouloir, c'est pouvoir ; oser, c'est avoir.

ROSEMBERG

Il faut que je prenne cela par écrit. Les mots me paraissent hardis et sonores. J'avoue pourtant que je ne les comprends pas bien.

LE CHEVALIER

Si vous voulez d'abord plaire aux femmes, et c'est la première chose à faire, lorsqu'on veut faire quelque chose, observez avec elles le plus profond respect. Traitez-les toutes (sans exception) ni plus ni moins que des divinités. Vous pouvez, il est vrai, si cela vous plaît, dire hautement aux autres hommes que de ces mêmes femmes vous n'en faites aucun cas, mais seulement d'une manière générale, et sans jamais médire d'une seule plutôt que du reste. Quand vous serez assis près d'une blonde pâle, sur le coin d'un sofa, et que vous la verrez s'appuyer mollement sur les coussins, tenez-vous à distance, jouez avec le coin de son écharpe, et dites-lui que vous avez un profond chagrin. Près d'une brune, si elle est vive et enjouée, prenez l'apparence d'un homme résolu, parlez-lui à l'oreille, et si le bout de votre moustache vient à lui effleurer la joue, ce n'est pas un grand mal ; mais, à toute femme, règle générale, dites qu'elle a dans le cœur une perle enchâssée, et que tous les maux ne sont rien si elle se laisse serrer le bout des doigts. Que toutes vos façons près d'elles ressemblent à ces valets polis qui sont couverts de livrées splendides ; en un mot, distinguez toujours scrupuleusement ces deux parts de la vie, la forme et le fond : — voilà la grande affaire. Ainsi vous remplirez la première maxime : Voir, c'est savoir, — et vous passerez pour expérimenté.

ROSEMBERG

Continuez, de grâce ; je me sens tout autre, et je bénis en moi-même le hasard qui m'a fait vous rencontrer dans cette auberge.

LE CHEVALIER

Quand une fois vous aurez bien prouvé aux femmes que vous vous moquez d'elles avec la plus grande politesse et un respect infini, attaquez les hommes. Je n'entends pas par là qu'il faille vous en prendre à eux ; tout au contraire, n'ayez jamais l'air de vous occuper ni de ce qu'ils disent, ni de ce qu'ils font. Soyez toujours poli, mais paraissez indifférent. Faites-vous rare, on vous aimera, — c'est un proverbe des Turcs. Par là, vous gagnerez un grand avantage. À force de passer partout en silence et d'un air dégagé, on vous regardera quand vous passerez. Que votre mise, votre entourage, annoncent un luxe effréné ; attirez constamment les yeux. Que cette idée ne vous vienne jamais de paraître douter de vous, car aussitôt tout le monde en doute. Eussiez-vous avancé par hasard la plus grande sottise du monde, n'en démordez pas pour un diable, et faites-vous plutôt assommer.

ROSEMBERG

Assommer !

LE CHEVALIER

Oui, sans aucun doute. Enfin, agissez-en ni plus ni moins que si le soleil et les étoiles vous appartenaient en bien propre, et que la fée Morgane vous eût tenu sur les fonts baptismaux. De cette façon, vous remplirez la seconde maxime : Vouloir, c'est pouvoir, — et vous passerez pour redoutable.

ROSEMBERG

Que je vais m'amuser à la cour, et la belle chose que d'être un grand seigneur !

LE CHEVALIER

Une fois agréé des femmes et admiré des hommes, seigneur Rosemberg, pensez à vous. Si vous levez le bras, que votre premier coup d'épée donne la mort, comme votre premier regard doit donner l'amour. La vie est une pantomime terrible, et le geste n'a rien à faire ni avec la pensée, ni avec la parole. Si la parole vous a fait aimer, si la pensée vous a fait craindre, que le geste n'en sache rien. Soyez alors vous-même. Frappez comme la foudre ! Que le monde disparaisse à vos yeux ; que l'étincelle de vie que vous avez reçue de Dieu, s'isole, et devienne un Dieu elle-même ; que votre volonté soit comme l'œil du lynx, comme le museau de la fouine, comme la flèche du guerrier. Oubliez, quand vous agissez, qu'il y ait d'autres êtres sur la terre que vous et celui à qui vous avez affaire. Ainsi, après avoir coudoyé avec grâce la foule qui vous environne, lorsque vous serez arrivé au but et que vous aurez réussi, vous pourrez y rentrer avec la même aisance et vous promettre de nouveaux succès. C'est alors que vous recueillerez les fruits de la troisième maxime : Oser, c'est avoir, — et que vous serez réellement expérimenté, redoutable et puissant.

ROSEMBERG

Ah ! seigneur Dieu ! si j'avais su cela plutôt ! Vous me faites penser à un certain soir que j'étais assis dans la garenne avec ma tante Béatrix. Je sentais justement ce que vous dites là ; il me semblait que le monde disparaissait, et que nous étions seuls sous le ciel. Aussi je l'ai priée de rentrer au château. Il faisait noir comme dans un four.

LE CHEVALIER

Vous me paraissez bien jeune encore, et vous cherchez fortune de bonne heure.

ROSEMBERG

Il n'est jamais trop tôt quand on se destine à la guerre. Je n'ai vu un Turc de ma vie ; il me semble qu'ils doivent ressembler à des bêtes sauvages.

LE CHEVALIER

Je suis fâché que des affaires d'importance m'empêchent d'aller à la cour ; j'aurais été curieux d'y voir vos débuts. En attendant, si cela vous convient, je puis vous faire un cadeau précieux, qui vous aidera singulièrement.
(Il tire un petit livre de sa poche.)

ROSEMBERG

Ce petit livre,… qu'est-ce donc ?

LE CHEVALIER

C'est un ouvrage merveilleux, un recueil à la fois concis et détaillé de toutes les historiettes d'amour, ruses, combats et expédients propres à former un jeune homme et à le pousser près des dames.

ROSEMBERG

Comment s'appelle ce livre précieux ?

LE CHEVALIER

La sauvegarde du sentiment. C'est un trésor inestimable, et, parmi les récits qui y sont renfermés, vous en trouverez bon nombre dont je suis le héros. Je dois pourtant vous avouer que je n'en suis pas le propriétaire ; il appartient à un de mes amis, et je ne saurais vous le céder que vous n'en donniez dix sequins.

ROSEMBERG

Dix sequins, ce n'est pas une affaire, *(Il les lui donne.)* surtout après l'excellent déjeuner que vous m'avez offert si galamment.

LE CHEVALIER

Bon ! un poisson, rien qu'un poisson !

ROSEMBERG

Mais il était délicieux ! Pouvez-vous croire que j'oublie cette rencontre ? C'est le ciel qui m'a conduit sur cette route. Une auberge si incommode ! des draps humides et pas de rideaux ! Je n'y serais pas resté une heure si je ne vous avais trouvé.

LE CHEVALIER

Que voulez-vous ? il faut s'habituer à tout.

ROSEMBERG

Oh ! certainement. — Ma tante Béatrix serait bien inquiète si elle me savait dans une mauvaise auberge. Mais, nous autres, nous ne faisons pas attention à toutes ces misères… Que Dieu vous protège, cher seigneur ! Mes chevaux sont prêts, et je vous quitte.

LE CHEVALIER

Au revoir, ne m'oubliez pas. Si vous avez jamais affaire au Vaïvode, c'est mon proche parent, et je me souviendrai de vous.

ROSEMBERG

Je vous suis tout dévoué de même.
(Ils sortent.)

FIN DE L'ACTE PREMIER.

ACTE DEUXIÈME

À la cour ; un jardin.

Scène première

LA REINE, ULRIC, Plusieurs courtisans.

LA REINE

Soyez le bienvenu, comte Ulric. Le Roi notre époux est retenu en ce moment loin de nous par une guerre bien longue et bien cruelle, qui a coûté à notre jeunesse une riche part de son noble sang. C'est un triste plaisir que de la voir ainsi toujours prête à le répandre encore, mais cependant c'est un plaisir, et en même temps une gloire pour nous. Les rejetons des premières familles de Bohême et de Hongrie, en se rassemblant autour du trône, nous ont rendu le cœur fier et belliqueux. Quel que soit le sort d'un guerrier, qui oserait le plaindre ? Ce n'est pas nous qui sommes Reine, ni moi, Ulric, qui fus une fille d'Aragon. J'ai beaucoup connu votre père, et votre jeune visage me parle du passé. Soyez donc ici comme le fils d'un souvenir qui m'est cher. Nous parlerons de vous ce soir, avec le chancelier ; ayez patience, c'est moi qui vous recommande à lui. Le Roi vous recevra sous cet auspice. Puisque nos clairons vous ont réveillé dans votre château, et que du fond de votre solitude vous êtes venu trouver nos dangers, nous ne vous laisserons pas repentir d'avoir été brave et fidèle ; en voici pour gage notre royale main.

(La reine sort. Ulric lui baise la main, puis se retire à l'écart.)

UN COURTISAN

Voilà un homme mieux reçu, pour la première fois qu'il voit notre Reine, que nous qui sommes ici depuis trente ans.

UN AUTRE

Abordons-le, et sachons qui il est.

LE PREMIER

Ne l'avez-vous pas entendu ? C'est le comte Ulric, un gentilhomme bohémien. Il cherche fortune comme un nouveau marié qui veut avoir de quoi faire danser sa femme.

LE DEUXIÈME

Dit-on que sa femme soit jolie ?

LE PREMIER

Charmante ; c'est la perle de la Hongrie.

LE DEUXIÈME

Quel est cet autre jeune homme qui court par là en sautillant ?

LE PREMIER

Je ne le connais pas. C'est encore quelque nouveau venu. La libéralité du Roi attire ici toutes ces mouches, qui cherchent un rayon de soleil.

(Entre Rosemberg.)

LE DEUXIÈME

Celui-ci me paraît fine mouche, une vraie guêpe dans son corset rayé. — Seigneur, nous vous saluons. Qui vous amène dans ce jardin ?

ROSEMBERG, *à part.*

On me questionne de tous côtés, et je ne sais si je dois répondre. Toutes ces figures nouvelles, ces yeux écarquillés qui vous dévisagent, cela m'étourdit à un point !
(Haut.)
Où est la Reine, messieurs ? Je suis Astolphe de Rosemberg, et je désire lui être présenté.

PREMIER COURTISAN

La Reine vient de sortir du palais. Si vous voulez lui parler, attendez son passage. Elle reviendra dans une heure.

ROSEMBERG

Diable ! cela est fâcheux.
(Il s'assoit sur un banc.)

DEUXIÈME COURTISAN

Vous venez sans doute pour les fêtes ?

ROSEMBERG

Est-ce qu'il y a des fêtes ? Quel bonheur ! — Non, messieurs, je viens pour prendre du service.

PREMIER COURTISAN

Tout le monde en prend à cette heure.

ROSEMBERG

Eh ! oui, c'est ce qui paraît. Beaucoup s'en mêlent, mais peu savent s'en tirer.

DEUXIÈME COURTISAN

Vous en parlez avec sévérité.

ROSEMBERG

Combien de hobereaux ne voyons-nous pas, qui ne méritent pas seulement qu'on en parle, et qui ne s'en donnent pas moins pour de grands capitaines ! On dirait, à les voir, qu'ils n'ont qu'à monter à cheval pour chasser le Turc par-delà le Caucase, et ils sortent de quelque trou de la Bohême, comme des rats effarouchés.

ULRIC, *s'approchant.*

Seigneur, je suis le comte Ulric, gentilhomme bohémien, et je trouve un peu de légèreté dans vos paroles, qu'on peut pardonner à votre âge, mais que je vous conseille d'en retrancher. Être étourdi est un aussi grand défaut que d'être pauvre, permettez-moi de vous le dire, et que la leçon vous profite.

ROSEMBERG, *à part.*

C'est mon Bohémien de l'auberge.

(Haut.)

S'exprimer en termes généraux n'est faire offense à personne. Pour ce qui est d'une leçon, j'en ai donné quelquefois, mais je n'en ai jamais reçu.

ULRIC

Voilà un langage hautain, — et d'où sortez-vous donc vous-même, pour avoir le droit de le prendre ?

PREMIER COURTISAN

Allons, seigneurs, que quelques paroles échappées sans dessein ne deviennent pas un motif de querelle. Nous croyons devoir intervenir ; songez que vous êtes chez la Reine. Ce seul mot vous en dit assez.

ULRIC

C'est vrai, et je vous remercie de m'avoir averti à temps. Je me croirais indigne du nom que je porte, si je ne me rendais à une si juste remontrance.

ROSEMBERG

Qu'il en soit ce que vous voudrez ; je n'ai rien à dire à cela.

(Les courtisans sortent. Ulric et Rosemberg restent assis chacun de son côté.)

ROSEMBERG, *à part.*

Le chevalier Uladislas m'a recommandé de ne jamais démordre d'une chose une fois dite. Depuis que je suis dans cette cour, les paroles de ce digne homme ne me sortent pas de la tête. Je ne sais ce qui se passe en moi, je me sens un cœur de lion. Ou je me trompe fort, ou je ferai fortune.

ULRIC, *à part.*

Avec quelle bonté la Reine m'a reçu ! et cependant j'éprouve une tristesse que rien ne peut vaincre. Que fait à présent Barberine ? Hélas ! hélas ! l'ambition ! — N'étais-je pas bien dans ce vieux château ? pauvre, sans doute, mais quoi ? Ô folie ! ô rêveurs que nous sommes !

ROSEMBERG, *à part.*

C'est surtout ce livre que j'ai acheté qui me bouleverse la cervelle ; si je l'ouvre le soir en me couchant, je ne saurais dormir de toute la nuit. Que de récits étonnants, que de choses admirables ! L'un taille en pièces une armée entière ; l'autre saute, sans se blesser, du haut d'un clocher dans la mer Caspienne, et dire que tout cela est vrai, que tout cela est arrivé ! Il y en a une surtout qui m'éblouit :

(Il se lève et lit tout haut.)

« Lorsque le sultan Boabdil… »

Ah ! voilà quelqu'un qui m'écoute ; c'est ce gentilhomme bohémien. Il faut que je fasse ma paix avec lui. Lorsque je lui ai cherché querelle, je ne pensais plus qu'il a une jolie femme.

(À Ulric.)

Vous venez de Bohême, seigneur ? Vous devez connaître mon oncle, le baron d'Engelbreckt ?

ULRIC

Beaucoup, c'est un de mes voisins ; nous allions ensemble à la chasse l'hiver passé. Il est allié, de loin, il est vrai, à la famille de ma femme.

ROSEMBERG

Vous êtes parent de mon oncle Engelbreckt ? Permettez que nous fassions connaissance. Y a-t-il longtemps que vous êtes parti ?

ULRIC

Je ne suis ici que depuis un jour.

ROSEMBERG

Vous paraissez le dire à regret. Auriez-vous quelque sujet de regarder en arrière avec tristesse ? Sans doute il est toujours fâcheux de quitter sa famille, surtout quand on est marié. Votre femme est jeune, puisque vous l'êtes, belle par conséquent. Il y a de quoi s'inquiéter.

ULRIC

L'inquiétude n'est pas mon souci. Ma femme est belle ; mais le soleil d'un jour de juillet n'est pas plus pur dans un ciel sans tache, que son noble cœur dans son sein chéri.

ROSEMBERG

C'est beaucoup dire. Hors notre Seigneur Dieu, qui peut connaître le cœur d'un autre ? J'avoue qu'à votre place je ne serais pas à mon aise.

ULRIC

Et pourquoi cela, s'il vous plaît ?

ROSEMBERG

Parce que je douterais de ma femme, à moins qu'elle ne fût la vertu même.

ULRIC

Je crois que la mienne est ainsi.

ROSEMBERG

C'est donc un phénix que vous possédez. Est-ce de notre bon roi Mathias que vous tenez ce privilège qui vous distingue entre tous les maris ?

ULRIC

Ce n'est pas le Roi qui m'a fait cette grâce, mais Dieu, qui est un peu plus qu'un roi.

ROSEMBERG

Je ne doute point que vous n'ayez raison, mais vous savez ce que disent les philosophes avec le poète latin : Quoi de plus léger qu'une plume ? la poussière ; — de plus léger que la poussière ? le vent ; — de plus léger que le vent ? la femme ; — de plus léger que la femme ? rien.

ULRIC

Je suis guerrier et non philosophe, et je ne me soucie point des poètes. Tout ce que je sais, c'est que, en effet, ma femme est jeune, droite et de beau corsage, comme on dit chez nous ; qu'il n'y a ouvrage de main ni d'aiguille où elle ne s'entende mieux que personne ; qu'on ne trouverait dans tout le royaume ni un écuyer, ni un majordome qui sache mieux servir et de meilleure grâce qu'elle a la table d'un seigneur ; ajoutez à cela qu'elle sait très bien et très résolument monter à cheval, porter l'oiseau sur le poing à la chasse, et en même temps tenir ses comptes aussi bien réglés qu'un marchand. Voilà comme elle est, seigneur cavalier, et avec tout cela je ne douterais pas d'elle, quand je resterais dix ans sans la voir.

ROSEMBERG

Voilà un merveilleux portrait.
(Entre Polacco.)

POLACCO

Je baise vos mains, seigneurs, je vous salue. Santé est fille de jeunesse. Hé ! hé ! les bons visages de Dieu ! Que Notre-Dame vous protège !

ROSEMBERG

Qu'y a-t-il, l'ami ? À qui en avez-vous ?

POLACCO

Je baise vos mains, seigneurs, et je vous offre mes services, mes petits services pour l'amour de Dieu.

ULRIC

Êtes-vous donc un mendiant ? Je ne m'attendais pas à en rencontrer dans ces allées.

POLACCO

Un mendiant ! Jésus ! un mendiant ! Je ne suis point un mendiant, je suis un honnête homme ; mon nom est Polacco ; Polacco n'est pas un mendiant. Par saint Mathieu ! mendiant n'est point un mot qu'on puisse appliquer à Polacco.

ULRIC

Expliquez-vous, et ne vous offensez pas de ce que je vous demande qui vous êtes.

POLACCO

Hé ! hé ! point d'offense ; il n'y en a pas. Nos jeunes garçons vous le diront. Qui ne connaît pas Polacco ?

ULRIC

Moi, puisque j'arrive et que je ne connais personne.

POLACCO

Bon, bon, vous y viendrez comme les autres ; on est utile en son temps et lieu, chacun dans sa petite sphère ; il ne faut pas mépriser les gens.

ULRIC

Quelle estime ou quel mépris puis-je avoir pour vous, si vous ne voulez pas me dire qui vous êtes ?

POLACCO

Chut ! silence ! la lune se lève ; voilà un coq qui a chanté.

ULRIC

Quelle mystérieuse folie promènes-tu dans ton bavardage ? Tu parles comme la fièvre en personne.

POLACCO

Un miroir, un petit miroir ! Dieu est Dieu, et les saints sont bénis ! Voilà un petit miroir à vendre.

ULRIC

Jolie emplette ! il est grand comme la main et cousu dans du cuir. C'est un miroir de sorcière bohémienne ; elles en portent de pareils sur la poitrine.

ROSEMBERG

Regardez-y ; qu'y voyez-vous ?

ULRIC

Rien, en vérité, pas même le bout de mon nez. C'est un miroir magique ; il est couvert d'une myriade de signes cabalistiques.

POLACCO

Qui saura verra, qui saura verra.

ULRIC

Ah ! ah ! je comprends qui tu es ; oui, sur mon âme, un honnête sorcier. Eh bien ! que voit-on dans ta glace ?

POLACCO

Qui verra saura, qui verra saura.

ULRIC

Vraiment ! je crois donc te comprendre encore. Si je ne me trompe, ce miroir doit montrer les absents ; j'en ai vu parfois qu'on donnait comme tels. Plusieurs de mes amis en portent à l'armée.

ROSEMBERG

Pardieu ! seigneur Ulric, voilà une offre qui vient à propos. Vous qui parliez de votre femme, ce miroir est fait pour vous. Et dites-moi, brave Polacco, y voit-on seulement les gens ? N'y voit-on pas ce qu'ils font en même temps ?

POLACCO

Le blanc est blanc, le jaune est de l'or. L'or est au diable, le blanc est à Dieu.

ROSEMBERG

Voyez ! cela n'a-t-il pas trait à la fidélité des femmes ? Oui, gageons que les objets paraissent blancs dans cette glace si la femme est fidèle, et jaunes si elle ne l'est pas. C'est ainsi que j'explique ces paroles : L'or est au diable, le blanc est à Dieu.

ULRIC

Éloignez-vous, mon bon ami ; ni ce seigneur, ni moi, n'avons besoin de vos services. Il est garçon, et je ne suis pas superstitieux.

ROSEMBERG

Non, sur ma vie ! seigneur Ulric ; puisque vous êtes mon allié, je veux faire cela pour vous. J'achète moi-même ce miroir, et nous y regarderons tout à l'heure si votre femme cause avec son voisin.

ULRIC

Éloignez-vous, vieillard, je vous en prie.

ROSEMBERG

Non ! non ! il ne partira pas que nous n'ayons fait cette épreuve. Combien vends-tu ton miroir, Polacco ?
(Ulric s'éloigne un peu et se promène.)

POLACCO

Hé ! hé ! chacun son heure, mon cher seigneur ; tout vient à point, chacun son heure.

ROSEMBERG

Je te demande quel est ton prix ?

POLACCO

Qui refuse muse, qui muse refuse.

ROSEMBERG

Je ne muse pas, je veux acheter ton miroir.

POLACCO

Hé ! hé ! qui perd le temps le temps le gagne, qui perd le temps…

ROSEMBERG

Je te comprends. Tiens, voilà ma bourse. Tu crains sans doute qu'on ne te voie ici faire en public ton petit négoce.

POLACCO, *prenant la bourse.*

Bien dit, bien dit, mon cher seigneur, les murs ont des yeux, les arbres aussi. Que Dieu conserve la police ! les gens de police sont d'honnêtes gens !

ROSEMBERG, *prenant le miroir.*

Maintenant tu vas nous expliquer les effets magiques de cette petite glace.

POLACCO

Seigneur, en fixant vos yeux avec attention sur ce miroir, vous verrez un léger brouillard qui se dissipe peu à peu. Si l'attention redouble, une forme vague et incertaine commence bientôt à en sortir ; l'attention redoublant encore, la forme devient claire ; elle vous montre le portrait de la personne absente à laquelle vous avez pensé en prenant la glace. Si cette personne est une femme et qu'elle vous soit fidèle, la figure est blanche et presque pâle ; elle vous sourit faiblement. Si la personne est seulement tentée, la figure se colore d'un jaune blond comme l'or d'un épi mûr ; si elle est infidèle, elle devient noire comme du charbon, et aussitôt une odeur infecte se fait sentir.

ROSEMBERG

Une odeur infecte, dis-tu ?

POLACCO

Oui, comme lorsque l'on jette de l'eau sur des charbons allumés.

ROSEMBERG

C'est bon ; maintenant prends ce qu'il te faut dans cette bourse, et rends-moi le reste.

POLACCO

Qui viendra saura, qui saura viendra.

ROSEMBERG

Vends-tu si cher cette bagatelle ?

POLACCO

Qui viendra verra, qui verra viendra.

ROSEMBERG

Que le diable t'emporte avec tes proverbes !

POLACCO

Je baise les mains, les mains… Qui viendra verra.
(Il sort.)

ROSEMBERG

Maintenant, seigneur Ulric, si vous le voulez bien, il nous est facile de savoir qui a raison de vous ou de moi ?

ULRIC

Je vous ai déjà répondu ; je ne puis souffrir ces jongleries.

ROSEMBERG

Bon ! vous avez entendu, comme moi, les explications de ce digne sorcier. Que nous coûte-t-il de tenter l'épreuve ? Jetez, de grâce, les yeux sur ce miroir.

ULRIC

Regardez-y vous-même, si bon vous semble.

ROSEMBERG

Oui, en vérité, à votre défaut j'y veux regarder et penser pour vous à votre chère comtesse, ne fût-ce que pour voir apparaître, blanche ou jaune, sa charmante image. Tenez, je l'aperçois déjà !

ULRIC

Une fois pour toutes, seigneur cavalier, ne continuez pas sur ce ton. C'est un conseil que je vous donne.

<h1 style="text-align:center">Scène II</h1>

Les Mêmes, plusieurs Courtisans.

PREMIER COURTISAN, *à Ulric.*

Comte Ulric, la reine va rentrer tout à l'heure au palais. Elle nous a ordonné de vous dire que votre présence y sera nécessaire.

ULRIC

Je vous rends mille grâces, messieurs, et je suis tout aux ordres de Sa Majesté.

ROSEMBERG, *regardant toujours le miroir.*

Dites-moi, messieurs, ne sentez-vous pas quelque odeur singulière ?

PREMIER COURTISAN

Quelle espèce d'odeur ?

ROSEMBERG

Hé ! comme du charbon éteint.

ULRIC, *à Rosemberg.*

Avez-vous donc juré de lasser ma patience ?

ROSEMBERG

Regardez vous-même, comte Ulric ; assurément ce n'est pas là du blanc.

ULRIC

Enfant, tu insultes une femme que tu ne connais pas.

ROSEMBERG

C'est que, peut-être, j'en connais d'autres.

ULRIC

Eh bien ! puisque les miroirs te plaisent, regarde-toi dans celui-ci.
(*Il tire son épée.*)

ROSEMBERG

Attendez, je ne suis pas en garde.
(*Il tire aussi son épée.*)

Scène III

Les Mêmes, LA REINE, tous les courtisans.

LA REINE

Que veut dire ceci, jeunes gens ? je croyais que ce n'était pas pour arroser les fleurs de mon parterre que se tiraient des épées hongroises. Qui a donné lieu à cette dispute ?

ULRIC

Madame, excusez-moi. Il y a telle insulte que je ne puis supporter. Ce n'est pas moi qui suis offensé, c'est mon honneur.

LA REINE

De quoi s'agit-il ? Parlez.

ULRIC

Madame, j'ai laissé au fond de mon château une femme belle comme la vertu. Ce jeune homme, que je ne connais pas, et qui ne connaît pas ma femme, n'en a pas moins dirigé contre elle des railleries dont il fait gloire. Je proteste à vos pieds qu'aujourd'hui même j'ai refusé de tirer l'épée, par respect pour la place où je suis.

LA REINE, *à Rosemberg.*

Vous paraissez bien jeune, mon enfant. Quel motif a pu vous porter à médire d'une femme qui vous est inconnue ?

ROSEMBERG

Madame, je n'ai pas médit d'une femme. J'ai exprimé mon opinion sur toutes les femmes en général, et ce n'est pas ma faute si je ne puis la changer.

LA REINE

En vérité, je croyais que l'Expérience n'avait pas la barbe aussi blonde.

ROSEMBERG

Madame, il est juste et croyable que Votre Majesté défende la vertu des femmes ; mais je ne puis avoir pour cela les mêmes raisons qu'elle.

LA REINE

C'est une réponse téméraire. Chacun peut en effet avoir sur ce sujet l'opinion qu'il veut ; mais que vous en semble, messieurs ? N'y a-t-il pas une présomptueuse et hautaine folie à prétendre juger toutes les femmes ? C'est une cause bien vaste à soutenir, et si j'y étais avocat, moi, votre reine en cheveux gris, mon enfant, je pourrais mettre dans la balance quelques paroles que vous ne savez pas. Qui vous a donc appris, si jeune, à mépriser votre nourrice ? Vous qui sortez apparemment de l'école, est-ce là ce que vous avez lu dans les yeux bleus des jeunes filles qui puisaient de l'eau dans la fontaine de votre village ? Vraiment ! le premier mot que vous avez épelé sur les feuilles tremblantes d'une légende céleste, c'est le mépris ? Vous l'avez à votre âge ? Je suis donc plus jeune que vous, car vous me faites battre le cœur. Tenez, posez la main sur celui du comte Ulric ; je ne connais pas sa femme plus que vous, mais je suis femme, et je vois comment son épée lui tremble encore dans la main. Je vous gage mon anneau nuptial que sa femme lui est fidèle comme la vierge l'est à Dieu !

ULRIC

Reine, je prends la gageure, et j'y mets tout ce que je possède sur terre, si ce jeune homme veut la tenir.

ROSEMBERG

Je suis trois fois plus riche que vous.

LA REINE

Comment t'appelles-tu ?

ROSEMBERG

Astolphe de Rosemberg.

LA REINE

Tu es un Rosemberg, toi ? Je connais ton père, il m'a parlé de toi. Va, va, le comte Ulric ne gage plus rien contre toi ; nous te renverrons à l'école.

ROSEMBERG

Non, Majesté. Il ne sera pas dit que j'aurai reculé, si le comte tient le pari.

LA REINE

Et que paries-tu ?

ROSEMBERG

S'il veut me donner sa parole de chevalier qu'il n'écrira [rien à sa femme de ce qui s'est passé entre nous, je gage mon bien contre le sien, ou du moins jusqu'à concurrence égale, que je me rendrai dès demain au château qu'il habite, et que ce cœur de diamant sur lequel il compte si fort ne me résistera pas longtemps.

ULRIC

Je tiens, et il est trop tard pour vous dédire. Vous avez parié devant la reine, et puisque sa présence auguste m'a oblige de baisser l'épée, c'est Elle que je prends pour témoin du duel honorable que je vous propose.

ROSEMBERG

J'accepte, et rien ne m'en fera dédire ; mais il me faut une lettre de recommandation, afin de me procurer un plus libre accès.

ULRIC

De tout mon cœur, tout ce que vous voudrez.

LA REINE

Je me porte donc comme témoin, et comme juge de la querelle. Le pari sera inscrit par le chancelier de la justice du Roi, mon maître, et à votre parole j'ajoute ici la mienne, qu'aucune puissance au monde ne pourra me fléchir quand le jour sera passé. Allez, messieurs, que Dieu vous garde !

FIN DE L'ACTE DEUXIÈME.

ACTE TROISIÈME

Une salle au château de Barberine. — Plusieurs vastes croisées ouvertes au fond, sur une cour intérieure. — Par une de ces croisées on voit un cabinet dans une tourelle gothique, dont la fenêtre est également ouverte.

Scène première

ROSEMBERG, KALÉKAIRI.

ROSEMBERG

Tu disais donc, ma belle enfant, que tu te nommes Kalékairi ?

KALÉKAIRI

Mon père l'a voulu.

ROSEMBERG

Fort bien ; — et ta maîtresse n'est pas visible ?

KALÉKAIRI

Elle s'habille, elle s'habille longtemps. Elle a dit de la prévenir.

ROSEMBERG

Ne te hâte pas, Kalékairi. Si je ne me trompe, ce nom-là est pour le moins turc ou arabe.

KALÉKAIRI

Kalékairi est née à Trébizonde, mais elle n'est pas venue au monde pour la pauvre place qu'elle occupe.

ROSEMBERG

Es-tu mécontente de ton sort ? — As-tu à te plaindre de ta maîtresse ?

KALÉKAIRI

Personne ne s'en plaint.

ROSEMBERG

Parle-moi franchement.

KALÉKAIRI

Qu'appelez-vous franchement ?

ROSEMBERG

Dire ce que l'on pense.

KALÉKAIRI

Lorsque Kalékairi ne pense à rien, elle ne dit rien.

ROSEMBERG

C'est à merveille.
(*À part.*)
Voilà une petite sauvage qui n'a pas l'air trop rébarbatif.
(*Haut.*)
Ainsi donc, tu aimes ta maîtresse ?

KALÉKAIRI

Tout le monde l'aime.

ROSEMBERG

On la dit très belle.

KALÉKAIRI

On a raison.

ROSEMBERG

Elle est coquette, j'imagine, puisqu'elle fait de si longues toilettes ?

KALÉKAIRI

Non, elle est bonne.

ROSEMBERG

Pourquoi donc alors te plaignais-tu d'être dans ce château ?

KALÉKAIRI

Parce que la fille de ma mère devait avoir beaucoup de suivantes, au lieu d'en être une elle-même.

ROSEMBERG

J'entends, — quelques revers de fortune.

KALÉKAIRI

Les pirates m'ont enlevée.

ROSEMBERG

Les pirates ! conte-moi cela !

KALÉKAIRI

Ce n'est pas un conte, cela fait pleurer. Kalékairi n'en parle jamais.

ROSEMBERG

En vérité !

KALÉKAIRI

Non, pas même avec ma perruche, pas même avec mon chien Mamouth, pas même avec le rosier qui est dans ma chambre.

ROSEMBERG

Tu es discrète, à ce que je vois.

KALÉKAIRI

Il le faut.

ROSEMBERG

C'est mon sentiment. As-tu fait ici ton apprentissage ?

KALÉKAIRI

Non, je suis allée à Constantinople, à Smyrne et à Janina, chez le pacha.

ROSEMBERG

Ah ! ah ! toute jeune que tu es, tu dois avoir quelque usage du monde.

KALÉKAIRI

J'ai toujours servi près des femmes.

ROSEMBERG

C'est bien suffisant pour apprendre. — Or ça, belle Kalékairi, si ta maîtresse me reçoit bien, je compte passer ici quelque temps. Si j'avais besoin de tes bons offices, — serais-tu d'humeur à m'obliger ?

KALÉKAIRI

Très volontiers.

ROSEMBERG

Bien répondu. Tiens, en ta qualité de Turque, tu dois aimer la couleur des sequins. Prends cette bourse, et va m'annoncer.

KALÉKAIRI

Pourquoi me donnez-vous cela ?

ROSEMBERG

Pour faire connaissance. Va m'annoncer, ma chère enfant.

KALÉKAIRI

Il n'était pas besoin des sequins.

Scène II

ROSEMBERG, *seul ; puis BARBERINE, dans la tourelle.*

Voilà une étrange soubrette !… Quelle singulière idée a ce comte Ulric de faire garder sa femme par une espèce d'icoglan femelle ! Il faut convenir que tout ce qui m'arrive a quelque chose de si bizarre que cela semble presque surnaturel… Allons, en tout cas, j'ai bien commencé. La suivante prend mes intérêts ; quant à la maîtresse,… voyons ! quel moyen emploierai-je ici ? La ruse, la force, ou l'amour ? La force, fi donc ! Ce ne serait ni d'un gentilhomme, ni d'un loyal parieur. Pour l'amour, cela peut se tenter, mais c'est que cela est bien long, et je voudrais vaincre comme César… Ah ! j'aperçois quelqu'un dans cette tourelle, c'est la comtesse elle-même, je la reconnais ! Elle est à se coiffer, — je crois même qu'elle chante.

BARBERINE

PREMIER COUPLET

Beau chevalier qui partez pour la guerre,
Qu'allez-vous faire
Si loin d'ici ?
Voyez-vous pas que la nuit est profonde,
Et que le monde
N'est que souci ?

ROSEMBERG

Elle ne chante pas mal, mais il me semble que sa chanson exprime un regret ; oui, quelque chose comme un souvenir. Hum ! lorsque j'ai tenu ce pari, je crois que j'ai agi bien vite. — Il y a de certains moments où l'on ne peut répondre de soi ; c'est comme un coup de vent qui s'engouffre dans votre manteau. Peste ! il ne faut pas que je m'y trompe ; il y va là pour moi de bon nombre d'écus ! Voyons ! emploierai-je la ruse ?

BARBERINE

SECOND COUPLET

Vous qui croyez qu'une amour délaissée
De la pensée
S'enfuit ainsi ;
Hélas ! hélas ! chercheur de renommée,
Votre fumée
S'envole aussi.

ROSEMBERG

Cette chanson dit toujours la même chose, mais qu'est-ce que prouve une chanson ? Oui, plus j'y pense, plus la ruse me semble le véritable moyen de succès. La ruse et l'amour feraient merveille ensemble. Mais il est bien vrai que je ne sais trop comment ruser. Si je faisais comme cet Uladislas lorsqu'il trompa le géant Molock ? mais voilà le défaut de toutes ces histoires-là, c'est qu'elles sont charmantes à écouter, et qu'on ne sait comment les mettre en pratique. Je lisais, hier, par exemple, l'histoire d'un héros de roman qui, dans ma position, s'est caché pendant toute une journée pour pénétrer chez sa maîtresse. Est-ce que je peux me cacher dans un coffre ? Je sortirais de là couvert de poussière, et mes habits seraient gâtés. Bah ! je crois que j'ai pris le bon parti. Oui, le meilleur de tous les stratagèmes, c'est de donner de l'argent à la servante ; je veux éblouir de même les autres domestiques… Ah ! voici venir Barberine. Eh bien donc ! tout est décidé ; j'emploierai à la fois la ruse et l'amour.

Scène III

ROSEMBERG, BARBERINE, KALÉKAIRI.

KALÉKAIRI, *elle reste au fond du théâtre.*
Voici la maîtresse.

BARBERINE

Seigneur, vous êtes le bienvenu. Vous arrivez, m'a-t-on dit, de la cour. Comment se porte mon mari ? Que fait-il ? Où est-il ? À la guerre ?… Hélas ! répondez.

ROSEMBERG

Il est à la guerre, madame ; je le crois, du moins. Pour ce qu'il fait, cela semble facile à dire ; il suffit de vous regarder pour le supposer. Qui peut vous avoir vue et vous oublier ? Il pense à vous sans doute, comtesse, et tout éloigné qu'il est de vous, son sort est plus digne d'envie que de pitié, si, de votre côté, vous pensez à lui. Voici une lettre qu'il m'a confiée.

BARBERINE, *lisant.*
« C'est un jeune cavalier du plus grand mérite, et qui appartient à

l'une des plus nobles familles des deux royaumes. Recevez-le comme un ami… » Je ne vous en lis pas plus ; nous ne sommes riches que de bonne volonté, mais nous vous recevrons le moins mal possible.

ROSEMBERG

J'ai laissé quelque part par là mes chevaux et mes écuyers. Je ne saurais voyager sans un cortège considérable, attendu ma naissance et ma fortune ; mais je ne veux pas vous embarrasser de ce train…

BARBERINE

Pardonnez-moi, mon mari m'en voudrait si je n'insistais ; nous leur enverrons dire de venir ici.

ROSEMBERG

Quel remerciement puis-je faire pour un accueil si favorable ? Cette blanche main, du haut de ces tourelles, a daigné faire signe qu'on m'ouvrît la porte, et ces beaux yeux ne la contredisent pas. — Ils m'ouvrent aussi, noble comtesse, la porte d'un cœur hospitalier. — Permettez que j'aille moi-même prévenir ma suite, et je reviens auprès de vous. — J'ai quelques ordres à donner…

(À part.)

Du courage, et les poches pleines ! Je veux prendre un peu l'air des alentours.

Scène IV

BARBERINE, KALÉKAIRI.

BARBERINE
Que penses-tu de ce jeune homme, ma chère ?

KALÉKAIRI

Kalékairi ne l'aime point.

BARBERINE

Il te déplaît ! Pourquoi cela ?
(Elle s'assoit.)
Il me semble qu'il n'est pas mal tourné.

KALÉKAIRI

Certainement.

BARBERINE

Qu'est-ce donc qui te choque ? Il ne s'exprime pas mal, un peu en courtisan, mais c'est la faute de sa jeunesse, et il apporte de bonnes nouvelles.

KALÉKAIRI

Je ne crois pas.

BARBERINE

Comment, tu ne crois pas ? Voici la lettre de mon mari qui est toute pleine de tendresse pour moi et d'amitié pour son ambassadeur.
(Kalékairi secoue la tête.)
Que t'a donc fait ce monsieur de Rosemberg ?

KALÉKAIRI

Il a donné de l'or à Kalékairi.

BARBERINE, *riant.*

C'est là ce qui t'a offensée ? Eh bien ! il n'y a qu'à le lui rendre.

KALÉKAIRI

Je suis esclave.

BARBERINE

Non pas ici. — Tu es ma compagne et mon amie.

KALÉKAIRI

Si on rendait l'or, il se défierait.

BARBERINE

Que veux-tu dire ? explique-toi. Tu le traites comme un conspirateur.

KALÉKAIRI

Kalékairi n'avait rien fait pour lui. Elle n'avait pas ouvert la porte, elle n'avait pas arrangé une chambre, elle n'avait point préparé un repas. Il a voulu tromper Kalékairi.

BARBERINE

Mais Kalékairi prend bien vite la mouche. Est-ce qu'il a essayé de te faire la cour ?

KALÉKAIRI

Oh ! non.

BARBERINE

Eh bien ! quoi de si surprenant ? Il est nouveau venu dans ce château. N'est-il pas assez naturel qu'il cherche à s'y gagner quelque bienveillance ? Il est riche, d'ailleurs, à ce qu'il paraît, et assez content qu'on le sache ; c'est une petite façon de grand seigneur.

KALÉKAIRI

Il ne connaît pas le Comte Ulric.

BARBERINE

Comment ! il ne le connaît pas ?

KALÉKAIRI

Non. Il a parlé au portier L'Uscoque, et il lui a demandé s'il aimait son maître. Il m'a demandé aussi si je vous aimais. Il ne nous connaît pas.

BARBERINE

Que tu es folle ! voilà les belles preuves qui te donnent sur lui des soupçons ! et quel grand crime penses-tu donc qu'il médite ?

KALÉKAIRI

Quand j'ai été à Janina, un chrétien est venu qui aimait ma maîtresse ; il a donné aussi beaucoup d'or aux esclaves, et on l'a coupé en morceaux.

BARBERINE

Miséricorde ! comme tu y vas ! voyez-vous la petite lionne ! et tu te figures apparemment que ce jeune homme vient tenter ma conquête ? N'est-ce pas là le fond de ta pensée ?
(Kalékairi fait signe que oui.)
Eh bien ! ma chère, sois sans inquiétude. Tu peux laisser là tes frayeurs et tes petits moyens par trop asiatiques. Je n'imagine point qu'un inconnu vienne de prime abord me parler d'amour. Mais supposons qu'il en soit ainsi, tu peux être bien assurée… Voici notre hôte, tu nous laisseras seuls. — Retirons-nous un peu à l'écart.
(À part.)
Il serait pourtant curieux qu'elle eût raison.
(Elles se retirent au fond du théâtre.)

Scène V

Les Mêmes, ROSEMBERG.

ROSEMBERG, *se croyant seul.*

Je crois maintenant que mon plan est fait. Il y a dans le petit livre d'Uladislas l'histoire d'un certain Jachimo qui fait une gageure toute pareille à la mienne avec Leonatus Posthumus, gendre du roi de la Grande-Bretagne. Ce Jachimo s'introduit secrètement dans l'appartement de la belle Imogène, en son absence, et prend sur ses tablettes une description exacte de la chambre. Ici telle porte, là telle fenêtre, l'escalier est de telle façon… Il note les moindres détails ni plus ni moins qu'un général d'armée qui se dispose à entrer en campagne. Je veux imiter ce Jachimo.

BARBERINE, *à part.*

Il a l'air de se consulter.

KALÉKAIRI, *de même.*

N'en doutez pas ; c'est peut-être un espion turc.

ROSEMBERG

Le portier L'Uscoque a pris mon argent. Je me glisP. 430serai furtivement dans la chambre de Barberine, et là,… oui,… que ferai-je là, si je viens à la rencontrer ? Hum !… c'est dangereux et embarrassant.

KALÉKAIRI, *bas, à Barberine.*

Voyez-vous comme il réfléchit ?

ROSEMBERG

Eh bien ! je plaiderai ma cause, car Dieu me garde de l'offenser ! ce serait me déshonorer moi-même. — Mais dans tous les romans, et même dans les ballades, les plus parfaits amants font-ils autre chose que s'introduire ainsi, quand ils peuvent, chez la dame de leurs pensées ? C'est toujours plus commode, on est moins dérangé. — Ah ! voilà la belle comtesse ! — Si j'essayais d'abord, par manière d'acquit, quelques propos de galanterie ? Sachons ce qu'elle dit sur ce chapitre, cela ne peut pas nuire, car, au bout du compte, si je venais à ne pas lui déplaire, cela me dispenserait de ruser, — et c'est cette ruse qui m'embarrasse !

(Haut.)

Excusez-moi, comtesse, d'être demeuré si longtemps loin de vous ; mes équipages sont considérables, et il faut mettre quelque ordre à cela.

BARBERINE

Rien n'est plus juste, et je vous prie de vouloir bien vous considérer comme parfaitement libre dans cette maison. Vous comprenez qu'un ami de mon mari ne saurait être un étranger pour nous.

(À Kalékairi.)

Va, Kalékairi, va, ma chère, et n'aie pas peur.

(Kalékairi sort.)

ROSEMBERG

Vous me pénétrez de reconnaissance. À vous dire vrai, en venant chez vous, je ne craignais que d'être importun, et je courrais grand risque de le devenir si je laissais parler mon cœur.

BARBERINE, *à part.*

Parler son cœur ! déjà ! quel langage !

(Haut.)

Soyez assuré, seigneur Rosemberg, que vous ne me gênez pas du tout ; car cette liberté que je vous offre m'est fort nécessaire à moi-même, et je vous la donne pour en user aussi.

ROSEMBERG

Cela s'entend, je connais les convenances, et je sais quels devoirs impose votre rang. Une châtelaine est reine chez elle, et vous l'êtes deux fois, madame, par la noblesse et par la beauté.

BARBERINE

Ce n'est pas cela. C'est que dans ce moment-ci nous sommes en train de faire la vendange.

ROSEMBERG

Oui, vraiment, j'ai vu en passant sur ces collines quantité de paysans. Cela ressemble à une fête, et vous recevez sans doute, à cette occasion, les hommages de vos vassaux. Ils doivent être heureux, puisqu'ils vous appartiennent.

BARBERINE

Oui, mais ils sont bien tourmentants ;… il me faut aller aux champs toute la journée pour faire rentrer le maïs et les foins tardifs.

ROSEMBERG, à part.

Si elle me répond sur ce ton, cela va être bien peu poétique.

BARBERINE, de même.

S'il persiste dans ses compliments, cela pourra être divertissant.

ROSEMBERG

J'avoue, comtesse, qu'une chose m'étonne. Ce n'est pas de voir une noble dame veiller au soin de ses domaines ; mais j'aurais cru que c'était de plus loin.

BARBERINE

Je conçois cela. Vous êtes de la cour, et les beautés d'Albe Royale ne promènent pas dans l'herbe leurs souliers dorés.

ROSEMBERG

C'est vrai, madame, et ne trouvez-vous pas que cette vie toute de plaisir, de fêtes, d'enchantements et de magnificence, est une chose vraiment admirable ? Sans vouloir médire des vertus champêtres, la vraie place d'une jolie femme n'est-elle pas là, dans cette sphère brillante ? Regardez votre miroir, comtesse. Une jolie femme n'est-elle pas le chef-d'œuvre de la création, et toutes les richesses du monde ne sont-elles pas faites pour l'entourer, pour l'embellir, s'il

53

était possible ?

BARBERINE

Oui, cela peut plaire sans doute. Vos belles dames ne voient ce pauvre monde que du haut de leur palefroi, ou si leur pied se pose à terre, c'est sur un carreau de velours.

ROSEMBERG

Oh ! pas toujours. Ma tante Béatrix va aussi comme vous dans les champs.

BARBERINE

Ah ! votre tante est bonne ménagère ?

ROSEMBERG

Oui, et bien avare, excepté pour moi, car elle me donnerait ses coiffes.

BARBERINE

En vérité ?

ROSEMBERG

Oh ! certainement ; c'est d'elle que me viennent presque tous les bijoux que je porte.

BARBERINE, à part.

Ce garçon-là n'est pas bien méchant.
(Haut.)
J'aime fort les bonnes ménagères, vu que j'ai la prétention d'en être une moi-même. Tenez, vous en voyez la preuve.

ROSEMBERG

Qu'est-ce que cela ? Dieu me pardonne, une quenouille et un fuseau !

54

BARBERINE

Ce sont mes armes.

ROSEMBERG

Est-ce possible ? quoi ! vous cultivez ce vieux métier de nos grand-mères ? vous plongez vos belles mains dans cette filasse ?

BARBERINE

Je tâche qu'elles se reposent le moins possible. Est-ce que votre tante ne file pas ?

ROSEMBERG

Mais ma tante est vieille, madame ; il n'y a que les vieilles femmes qui filent.

BARBERINE

Vraiment ! en êtes-vous bien sûr ? Je ne crois pas qu'il en doive être ainsi. Ne connaissez-vous pas cette ancienne maxime, que le travail est une prière ? Il y a longtemps qu'on a dit cela. Eh bien ! si ces deux choses se ressemblent, et elles peuvent se ressembler devant Dieu, n'est-il pas juste que la tâche la plus dure soit le partage des plus jeunes ? N'est-ce pas quand nos mains sont vives, alertes et pleines d'activité qu'elles doivent tourner le fuseau ? Et lorsque l'âge et la fatigue les forcent un jour de s'arrêter, n'est-ce pas alors qu'il est temps de les joindre, en laissant faire le reste à la suprême bonté ? Croyez-moi, seigneur Rosemberg, ne dites pas de mal de nos quenouilles ; non pas même de nos aiguilles ; je vous le répète, ce sont nos armes. Il est vrai que vous autres hommes, vous en portez de plus glorieuses, mais celles-là ont aussi leur prix ; voici ma lance et mon épée.

(Elle montre la quenouille et le fuseau.)

ROSEMBERG, *à part.*

Le sermon n'est pas mal tourné, mais me voilà loin de mon pari. Tâchons encore d'y revenir.

(Haut.)

Il n'est pas possible, madame, d'être contredit quand on dit si bien. Mais vous permettrez, s'il vous plaît, armes pour armes, que je préfère les nôtres.

BARBERINE

Les combats vous plaisent, à ce que je vois ?

ROSEMBERG

Le demandez-vous à un gentilhomme ? Hors la guerre et l'amour, qu'a-t-il à faire au monde ?

BARBERINE

Vous avez commencé bien jeune. Expliquez-moi donc une chose. Je n'ai jamais bien compris qu'un homme couvert de fer puisse diriger aisément un cheval qui en est aussi tout caparaçonné. Ce bruit de ferraille doit être assourdissant, et vous devez être là comme dans une prison.

ROSEMBERG, *à part.*

Je crois qu'elle cherche à me dérouter.
(Haut.)
Un bon cavalier ne craint rien, s'il porte la couleur de sa dame.

BARBERINE

Vous êtes brave, à ce qu'il paraît. Aimez-vous beaucoup votre tante ?

ROSEMBERG

De tout mon cœur, d'amitié s'entend, car pour l'amour c'est autre chose.

BARBERINE

On n'a pas d'amour pour sa tante.

ROSEMBERG

Je n'en saurais avoir pour qui que ce soit, hormis pour une seule personne.

BARBERINE

Votre cœur est pris ?

ROSEMBERG

Oui, madame, depuis peu de temps, mais pour toute ma vie.

BARBERINE

C'est sûrement quelque jeune fille que vous avez dessein d'épouser ?

ROSEMBERG

Hélas ! madame, c'est impossible. Elle est jeune et belle, il est vrai, et elle a toutes les qualités qui peuvent faire le bonheur d'un époux, mais ce bonheur ne m'est pas réservé ; sa main appartient à un autre.

BARBERINE

Cela est fâcheux, il faut en guérir.

ROSEMBERG

Ah ! madame, il faut en mourir !

BARBERINE

Bah ! à votre âge !

ROSEMBERG

Comment ! à mon âge ! Êtes-vous donc tant plus âgée que moi ?

BARBERINE

Beaucoup plus. Je suis raisonnable.

ROSEMBERG

Je l'étais aussi avant de l'avoir vue ! — Ah ! si vous saviez qui elle est ! Si j'osais prononcer son nom devant vous…

BARBERINE

Est-ce que je la connais ?

ROSEMBERG

Oui, madame ! — et puisque mon secret vient de m'échapper à demi, je vous le confierais tout entier, si vous me promettiez de ne pas m'en punir.

BARBERINE

Vous en punir ? à quel propos ? je n'y suis pour rien, j'imagine ?

ROSEMBERG

Pour plus que vous ne pensez, madame, et si j'osais…

Scène VI

Les Mêmes, KALÉKAIRI.

ROSEMBERG, à part.

Peste soit de la petite Barbaresque ! j'avais eu tant de peine à en arriver là !

KALÉKAIRI

Le portier L'Uscoque est venu pour dire qu'il y avait sur la route beaucoup de chariots.

BARBERINE

Qu'est-ce que c'est ?

KALÉKAIRI

Je puis le dire à vous seule.

BARBERINE

Approche.

ROSEMBERG, *à part.*

Quel mystère ! Encore des légumes ! Voilà une châtelaine terriblement bourgeoise.

KALÉKAIRI, *bas à sa maîtresse.*

Il n'y a point de chariots. Rosemberg a encore donné beaucoup d'or au portier L'Uscoque.

BARBERINE, *bas.*

Pourquoi faire, et sous quel prétexte ?

KALÉKAIRI, *de même.*

Il a demandé qu'on le fasse entrer secrètement chez la maîtresse.

BARBERINE, *bas.*

Chez moi, dis-tu ? en es-tu sûre ?

KALÉKAIRI, *de même.*

L'Uscoque ne voulait rien dire ; mais Kalékairi l'a grisé, et il lui a tout raconté.

BARBERINE, *regardant Rosemberg.*

Vraiment, cela est incroyable !

ROSEMBERG, *à part.*

Quel singulier regard jette-t-elle donc sur moi ?

BARBERINE, de même.

Est-ce possible ? Ce jeune homme un peu fanfaron, il est vrai, mais, au fond, d'humeur assez douce et qui semblait… Cela est bien étrange !

KALÉKAIRI, bas.

L'Uscoque dit maintenant que si la maîtresse le veut, il se cachera derrière la porte avec Ludwig le jardinier. Ils prendront chacun une fourche, et quand l'autre arrivera…

BARBERINE, riant.

Non, je te remercie. Tu en reviens toujours à ta méthode expéditive.

KALÉKAIRI

Rosemberg a beaucoup de domestiques armés.

BARBERINE

Oui, et nous sommes seules, ou presque seules, dans cette maison au fond d'un petit désert. Mais je te dirai une chose fort simple : — il y a un gardien, ma chère, qui défend mieux l'honneur d'une femme que tous les remparts d'un sérail et tous les muets d'un sultan, et ce gardien, c'est elle-même. Va, et cependant ne t'éloigne pas. — Écoute ! lorsque je te ferai signe par cette fenêtre…
(Elle lui parle à l'oreille.)

KALÉKAIRI

Ce sera fait.
(Elle sort.)

Scène VII

BARBERINE

Eh bien ! seigneur, à quoi songez-vous ?

ROSEMBERG

J'attendais de savoir si je dois me retirer.

BARBERINE

N'étiez-vous pas en train de me faire une confidence ? Cette petite fille est venue mal à propos.

ROSEMBERG

Oh ! oui.

BARBERINE

Eh bien ! continuez.

ROSEMBERG

Je n'en ai plus le courage, madame. Je ne sais comment j'avais pu oser…

BARBERINE

Et vous n'osez plus ? Vous me disiez, je crois, que vous aviez de l'amour pour une femme qui est mariée à l'un de vos amis ?

ROSEMBERG

Un de mes amis ! je n'ai pas dit cela.

BARBERINE

Je croyais l'avoir entendu. Mais êtes-vous sûr que j'aie mal compris ?

ROSEMBERG, *à part.*

Que veut-elle dire ? Ce regard si terrible me semble à présent singulièrement doux.

BARBERINE

Eh bien ! vous ne répondez pas ?

ROSEMBERG

Ah ! madame… Si vous avez pénétré ma pensée…

BARBERINE

Est-ce une raison pour ne pas la dire ?

ROSEMBERG

Non, je le vois ! vous m'avez deviné. Ces beaux yeux ont lu dans mon cœur, qui se trahissait malgré moi. Je ne saurais vous cacher plus longtemps un sentiment plus fort que ma raison, plus puissant même que mon respect pour vous. Apprenez donc à la fois, comtesse, et ma souffrance et ma folie. Depuis le premier jour où je vous ai vue, j'erre autour de ce château, dans ces montagnes désertes !… L'armée, la cour ne sont plus rien pour moi ; j'ai tout quitté dès que j'ai pu trouver un prétexte pour approcher de vous, ne fût-ce qu'un instant. Je vous aime, je vous adore ! voilà mon secret, madame ; avais-je tort de vous supplier de ne pas m'en punir ?

(Il met un genou en terre.)

BARBERINE, *à part.*

Il ne ment pas mal pour son âge.
(Haut.)
Vous aviez, dites-vous, la crainte d'être puni ; — n'aviez-vous pas celle de m'offenser ?

ROSEMBERG, *se levant.*

En quoi l'amour peut-il être une offense ? Qui est-ce offenser que d'aimer ?

BARBERINE

Dieu, qui le défend !

ROSEMBERG

Non, Barberine ! Puisque Dieu a fait la beauté, comment peut-il défendre qu'on l'aime ? C'est son image la plus parfaite.

BARBERINE

Mais si la beauté est l'image de Dieu, la sainte foi jurée à ses autels n'est-elle pas un bien plus précieux ? S'est-il contenté de créer, et n'a-t-il pas, sur son œuvre céleste, étendu la main comme un père, pour défendre et pour protéger ?

ROSEMBERG

Non, quand je suis ainsi près de vous, quand ma main tremble en touchant la vôtre, quand vos yeux s'abaissent sur moi avec ce regard qui me transporte, non ! Barberine, c'est impossible ; non, Dieu ne défend pas d'aimer. Hélas ! point de reproches, je ne…

BARBERINE

Que vous me trouviez belle, et que vous me le disiez, cela ne me fâche pas beaucoup. Mais à quoi bon en dire davantage ? le comte Ulric est votre ami.

ROSEMBERG

Qu'en sais-je ? Que puis-je vous répondre ? De quoi puis-je me souvenir près de vous ?

BARBERINE

Quoi ! si je consentais à vous écouter, ni l'amitié, ni la crainte de Dieu, ni la confiance d'un gentilhomme qui vous envoie auprès de moi, rien n'est capable de vous faire hésiter ?

ROSEMBERG

Non, sur mon âme, rien au monde. Vous êtes si belle, Barberine !
vos yeux sont si doux, votre sourire est le bonheur lui-même !

BARBERINE

Je vous l'ai dit, tout cela ne me fâche pas. Mais pourquoi prendre
ainsi ma main ? Ô Dieu ! il me semble que si j'étais homme, je
mourrais plutôt que de parler d'amour à la femme de mon ami.

ROSEMBERG

Et moi, je mourrais plutôt que de cesser de vous parler d'amour.

BARBERINE

Vraiment ! sur votre honneur, cela est votre sentiment ?
Elle fait un signe par la fenêtre.

ROSEMBERG

Sur mon âme, sur mon honneur !

BARBERINE

Vous trahiriez de bon cœur un ami ?

ROSEMBERG

Oui, pour vous plaire, pour un regard de vous.
(On entend sonner une cloche.)

BARBERINE

Voici la cloche qui m'avertit de descendre.

ROSEMBERG

Ô ciel ! vous me quittez ainsi ?

BARBERINE

Que vous dirai-je ? voici Kalékairi.

Scène VIII

Les Mêmes, KALÉKAIRI.

ROSEMBERG, *à part.*
Encore cette Croate, cette Transylvaine !

KALÉKAIRI
Les fermiers disent qu'ils attendent.

BARBERINE
J'y vais.

ROSEMBERG, *bas à Barberine.*
Hé ! quoi ! sans une parole… ? sans un regard qui m'apprenne mon sort ?

BARBERINE
Je crois que vous êtes un grand enchanteur, car il est impossible de vous garder rancune. Mes fermiers vont se mettre à table ; attendez-moi ici un instant. Je me délivre d'eux, et je reviens. — Allons, Kalékairi, allons.

KALÉKAIRI
Kalékairi ne veut pas dîner.

ROSEMBERG, *à part.*
Elle veut rester, la petite Éthiopienne !
(Haut.)
Comment, mademoiselle, vous n'avez pas faim ?

KALÉKAIRI
Non, je ne veux pas. Ils vous ont placé une cloche tout au haut d'une grosse tour, et quand cette machine sonne, il faut que Kalékairi

mange. Mais Kalékairi ne veut pas manger ; Kalékairi n'a pas d'appétit.

BARBERINE, riant.

Viens, mon enfant, tu feras comme tu voudras, mais j'ai besoin de toi.

(À part.)

Je crois, en vérité, qu'elle serait capable de me surveiller aussi moi-même.

Scène IX

ROSEMBERG, seul.

Elle va revenir ! elle me dit de l'attendre pendant qu'elle va éloigner tout son monde ! Peut-elle me faire mieux entendre que je ne lui ai pas déplu ? Que dis-je ? n'est-ce pas m'avouer qu'elle m'aime ? n'est-ce pas là le plus piquant rendez-vous ?… Parbleu ! j'étais bien bon de me creuser la tête et de dépenser mon argent pour imiter ce sot de Jachimo ! C'est bien la peine de s'aller cacher, lorsque, pour vaincre, on n'a qu'à paraître ! Il est vrai que je ne m'attendais pas, en conscience, à me faire écouter si vite. Ô fortune ! quelle bénédiction ! non, je ne m'y attendais pas. Cette fière comtesse, ce riche enjeu ! tout cela gagné en si peu de temps ! Qu'il avait raison, ce cher Uladislas ! Je vais donc l'entendre me parler d'amour ! car ce sera son tour à présent ! elle ! Barberine ! ô beauté ! ô joie ineffable ! Je ne saurais demeurer en repos ; il faut pourtant un peu de patience.

(Il s'assoit.)

En vérité, c'est une grande misère que cette fragilité des femmes. Conquise si vite ! est-ce que je l'aime ? non, je ne l'aime pas. Fi donc ! trahir ainsi un mari si plein de droiture et de confiance ! Céder au premier regard amoureux d'un inconnu ! que peut-on faire de cela ? J'ai autre chose en tête que de rester ici. — Qui maintenant me résistera ? Déjà je me vois arrivant à la cour, et traversant d'un pas nonchalant les longues galeries. Les courtisans s'écartent en silence, les femmes chuchotent ; le riche enjeu est sur la table, et la reine a le sourire sur les lèvres. Quel coup de filet, Rosemberg ! Ce que c'est pourtant que la fortune ! Quand je pense à ce qui m'arrive, il me semble rêver. Non, il n'y a rien de tel que l'audace. — Il me semble que j'entends du bruit. Quelqu'un monte l'escalier ; on s'approche, on monte à petits pas. Ah ! comme mon cœur palpite !

(Les fenêtres se ferment, et on entend au-dehors le bruit de plusieurs verrous.)

Qu'est-ce que cela veut dire ? Je suis enfermé. On verrouille la porte en dehors. Sans doute, c'est quelque précaution de Barberine ; elle a peur que pendant le dîner quelque domestique n'entre ici. Elle aura envoyé sa camériste fermer sur moi la porte, jusqu'à ce qu'elle puisse s'échapper ! Si elle allait ne pas venir ! s'il arrivait un obstacle imprévu ! Bon, elle me le ferait dire. Mais qui marche ainsi dans le corridor ? On vient ici… C'est Barberine, je reconnais son pas. Silence ! il ne faut pas ici nous donner l'air d'un écolier. Je veux composer mon visage ;… celui à qui de pareilles choses arrivent n'en doit pas paraître étonné.

(Un guichet s'ouvre dans la muraille.)

BARBERINE, *en dehors, parlant par le guichet.*

Seigneur Rosemberg, comme vous n'êtes venu ici que pour commettre un vol, le plus odieux et le plus digne de châtiment, le vol de l'honneur d'une femme, et comme il est juste que la pénitence soit proportionnée au crime, vous êtes emprisonné comme un voleur. Il ne vous sera fait aucun mal, et les gens de votre suite continueront à être bien traités. Si vous voulez boire et manger, vous n'avez d'autre moyen que de faire comme ces vieilles femmes que vous n'aimez pas, c'est-à-dire de filer. Vous avez là, comme vous savez, une quenouille et un fuseau, et vous pouvez avoir l'assurance que l'ordinaire de vos repas sera scrupuleusement augmenté ou diminué, selon la quantité de fil que vous filerez.

(Elle ferme le guichet.)

ROSEMBERG

Est-ce que je rêve ? Holà ! Barberine ! holà ! Jean ! holà ! Albert ! Qu'est-ce que cela signifie ? La porte est comme murée ; on l'a fermée avec des barres de fer ; — les fenêtres sont grillées et le guichet n'est pas plus grand que mon bonnet. Holà ! quelqu'un ! ouvrez, ouvrez, ouvrez ! c'est moi, Rosemberg, je suis enfermé ici. Ouvrez ! qui vient m'ouvrir ? Y a-t-il ici quelqu'un ?... Je prie qu'on m'ouvre, s'il vous plaît. Hé ! le gardien, êtes-vous là ? ouvrez-moi, monsieur, je vous prie. Je veux faire signe par la croisée. Hé ! compagnon, venez m'ouvrir ; — il ne m'entend pas : — ouvrir, ouvrir, je suis enfermé. Cette chambre est au premier étage. — Mais qu'est-ce donc ? on ne m'ouvrira pas !

BARBERINE, *ouvrant le guichet.*

Seigneur, ces cris ne servent de rien. Il commence à se faire tard ; si vous voulez souper, il est temps de vous mettre à filer.

(Elle ferme le guichet.)

ROSEMBERG

Hé ! bon ! c'est une plaisanterie. L'espiègle veut me piquer au jeu par ce joyeux tour de malice. On m'ouvrira dans un quart d'heure ; je suis bien sot de m'inquiéter. Oui, sans doute, ce n'est qu'un jeu ; mais il me semble qu'il est un peu fort, et tout cela pourrait me prêter un personnage ridicule. Hum ! m'enfermer dans une tourelle ! Traite-t-on aussi légèrement un homme de mon rang ? — Fou que je suis ! Cela prouve qu'elle m'aime ! elle n'en agirait pas si familièrement avec moi, si la plus douce récompense ne m'attendait. Voilà qui est clair ; on m'éprouve peut-être, on observe ma contenance. Pour les déconcerter un peu, il faut que je me mette à chanter gaîment.

(Il chante.)

Quand le coq de bruyère
Voit venir le chasseur,

Holà ! dans la clairière,
Holà ! landerira.
Oh ! le hardi compère !
Franc chasseur, l'arme au poing,
Holà ! remplis ton verre,
Holà ! landerira.

KALÉKAIRI, *ouvrant le guichet.*

La maîtresse dit, puisque vous ne filez pas, que vous vous passerez sans doute de souper, et elle croit que vous n'avez pas faim ; ainsi je vous souhaite une bonne nuit.

(Elle ferme le guichet.)

ROSEMBERG

Kalékairi ! écoute donc un peu ! écoute donc ! ma petite, viens me tenir compagnie !… Est-ce que je serais pris au piège ? voilà qui a l'air sérieux ! Passer la nuit ici ! sans souper ! et justement j'ai une faim horrible ! Combien de temps va-t-on donc me laisser ici ? Assurément cela est sérieux. Mort et massacre ! feu ! sang ! tonnerre ! exécrable Barberine ! misérable ! infâme ! bourreau ! malédiction ! Ah ! malheureux que je suis ! me voilà en prison. On va faire murer la porte ; on me laissera mourir de faim ! c'est une vengeance du comte Ulric. Hélas ! hélas ! prenez pitié de moi !… Le comte Ulric veut ma mort, cela est certain ! sa femme exécute ses ordres. Pitié ! pitié ! je suis mort ! je suis perdu !… je ne verrai plus jamais mon père, ma pauvre tante Béatrix ! hélas ! ah ! Dieu ! hélas ! c'en est fait de moi !… Barberine ! madame la comtesse ! ma chère demoiselle Kalékairi !… Ô rage ! ô feu et flammes ! oh ! si j'en sors jamais, ils périront tous de ma main ; je les accuserai devant la Reine elle-même, comme bourreaux et empoisonneurs. Ah ! Dieu ! ah ! ciel ! prenez pitié de moi.

BARBERINE, *ouvrant le guichet.*

Seigneur, avant de me coucher, je viens savoir si vous avez filé.

ROSEMBERG

Non, je n'ai pas filé, je ne file point, je ne suis point une fileuse.
Ah ! Barberine, vous me le payerez !

BARBERINE

Seigneur, quand vous aurez filé, vous avertirez le soldat qui monte
la garde à votre porte.

ROSEMBERG

Ne vous en allez point, comtesse. — Au nom du ciel ! écoutez-
moi !

BARBERINE

Filez, filez !

ROSEMBERG

Non, par la mort ! non, par le sang ! je briserai cette quenouille.
Non, je mourrai plutôt.

BARBERINE

Adieu, seigneur !

ROSEMBERG

Encore un mot ! ne partez pas.

BARBERINE

Que voulez-vous ?

ROSEMBERG

Mais,… mais,… comtesse,… en vérité,… je suis, je… je ne sais
pas filer. Comment voulez-vous que je file ?

BARBERINE

Apprenez.
(Elle ferme le guichet.)

ROSEMBERG

Non, jamais je ne filerai, quand le ciel devrait m'écraser ! Quelle cruauté raffinée ! voyez donc cette Barberine ! elle était en déshabillé, elle va se mettre au lit, à peine vêtue, en cornette, et plus jolie cent fois… Ah ! la nuit vient ; dans une heure d'ici il ne fera plus clair.

(Il s'assoit.)

Ainsi, c'est décidé, il n'en faut pas douter. Non seulement je suis en prison, mais on veut m'avilir par le dernier des métiers. Si je ne file, ma mort est certaine. Ah ! la faim me talonne cruellement. Voilà six heures que je n'ai mangé ; pas une miette de pain depuis ce matin à déjeuner ! Misérable Uladislas ! puisses-tu mourir de faim pour tes conseils ! Où diantre suis-je venu me fourrer ? Que me suis-je mis dans la tête ? J'avais bien affaire de ce comte Ulric et de sa bégueule de comtesse ! Le beau voyage que je fais ! J'avais de l'argent, des chevaux, tout était pour le mieux ; je me serais diverti à la cour. Peste soit de l'entreprise ! J'aurai perdu mon patrimoine, et j'aurai appris à filer !… Le jour baisse de plus en plus, et la faim augmente en proportion. Est-ce que je serais réduit à filer ? Non, mille fois non ! J'aimerais mieux mourir de faim comme un gentilhomme. Diable !… vraiment, si je ne file pas, il ne sera plus temps tout à l'heure.

(Il se lève.)

Comment est-ce donc fait, cette quenouille ? Quelle machine diabolique est-ce là ? Je n'y comprends rien. Comment s'y prend-on ? Je vais tout briser. Que cela est entortillé ! Oh, Dieu ! j'y pense, elle me regarde ; cela est sûr, je ne filerai pas.

UNE VOIX, *au-dehors.*

Qui vive !
(Le couvre-feu sonne.)

ROSEMBERG

Le couvre-feu sonne ! Barberine va se coucher. Les lumières commencent à s'allumer. Les mulets passent sur la route, et les bestiaux rentrent des champs. Oh, Dieu ! passer la nuit ainsi ! là, dans cette prison, sans feu ! sans lumière ! sans souper ! le froid ! la faim ! Hé ! holà ! compagnon, n'y a-t-il pas un soldat de garde ?

BARBERINE, *ouvrant le guichet.*

Eh bien ?

ROSEMBERG

Je file, comtesse, je file, faites-moi donner à souper.

Scène X

ROSEMBERG, KALÉKAIRI.

KALÉKAIRI, *entrant avec deux plats.*

Voilà le souper. Il y a des concombres et une salade de laitues.

ROSEMBERG

Bien obligé ! tu servais d'espion, te voilà geôlière à présent ! méchante Arabe que tu es ! Pourquoi as-tu pris mes sequins ?

KALÉKAIRI, *mettant une bourse sur la table.*

Maintenant je puis vous les rendre.

ROSEMBERG

Hé ! je n'ai que faire d'argent en prison.
On entend le son des trompettes.
Qui arrive là ? quel est ce bruit ? j'entends un fracas de chevaux dans la cour.

KALÉKAIRI

C'est la Reine qui vient ici.

ROSEMBERG

La Reine, dis-tu ?

KALÉKAIRI

Et le comte Ulric aussi.

ROSEMBERG

Le comte Ulric ! la Reine ! ah ! je suis perdu. Kalékairi, fais-moi sortir d'ici.

KALÉKAIRI

Non, il faut que vous y restiez.

ROSEMBERG

Je te donnerai autant de sequins que tu voudras, mais, de grâce, laisse-moi sortir. Dis à la sentinelle de me laisser passer.

KALÉKAIRI

Non. — Pourquoi êtes-vous venu ?

ROSEMBERG

Ah ! tu as bien raison. Où est la comtesse ? Je veux lui demander grâce ou plutôt l'accuser ; oui, l'accuser devant la Reine elle-même, car on n'enferme pas les gens de cette façon-là. Où est ta maîtresse ?

KALÉKAIRI

Sur le pas de sa porte, pour recevoir la Reine.

ROSEMBERG

Et que diantre la Reine vient-elle faire ici ?

KALÉKAIRI

Kalékairi avait écrit.

ROSEMBERG

À la Reine ?

KALÉKAIRI

Non, au comte Ulric.

ROSEMBERG

Et à propos de quoi ?

KALÉKAIRI

Pour qu'on vienne ici.

ROSEMBERG

Et qu'on me trouve dans cette caverne ?

KALÉKAIRI

Non. — Kalékairi, quand elle a écrit, ne savait pas qu'on vous ferait filer.

ROSEMBERG

Ah ! c'est donc la comtesse toute seule, à qui est venue cette gracieuse idée ?

KALÉKAIRI

Oui, et la comtesse ne savait pas que Kalékairi avait écrit, car la comtesse a écrit aussi.

ROSEMBERG

Elle a écrit aussi ! c'est fort obligeant.

KALÉKAIRI

Oui, pendant que vous criiez si fort. Elle allait voir, et puis elle revenait. Mais Kalékairi avait écrit longtemps auparavant. Kalékairi avait écrit dès que vous lui aviez parlé.

ROSEMBERG

Ainsi, toi d'abord, et puis la comtesse ! Deux dénonciations pour une ! c'est à merveille ; j'étais en bonnes mains. Ensorcelé par deux démons femelles !

LA SENTINELLE, *sur le pas de la porte.*
Seigneur, vous êtes libre. La Reine va venir.

ROSEMBERG

C'est fort heureux. Adieu, Kalékairi ! Dis à ta maîtresse, de ma part, que je ne lui pardonnerai de ma vie, et, quant à toi, puissent toutes tes salades…

KALÉKAIRI

Vous avez bien tort, car ma maîtresse a dit qu'elle vous trouvait très gentil ; oui, et que vous ne pouviez manquer de plaire à beaucoup de dames à la cour, mais que pour cette maison, ce n'était pas l'endroit.

ROSEMBERG

En vérité ! elle a dit cela ? Eh bien ! Kalékairi, je crois que je lui pardonne. Et pour toi, si tu veux être discrète…

KALÉKAIRI

Oh ! non.

ROSEMBERG

Comment ! tu te vantais ce matin…

KALÉKAIRI

C'était pour mieux savoir ce soir. Voici la Reine avec tout le monde.

ROSEMBERG

Ah ! je suis pris.

Scène XI

Les Précédents, LA REINE, ULRIC, BARBERINE, Courtisans, etc.

LA REINE, *à Barberine.*

Oui, comtesse, nous avons voulu venir nous-même vous rendre visite.

BARBERINE

Notre pauvre maison, madame, n'est pas digne de vous recevoir.

LA REINE

Je tiens à honneur d'y être reçue.
(À Rosemberg.)
Eh bien ! Rosemberg, ton pari ?

ROSEMBERG

Il est perdu, madame, comme vous voyez.

KALÉKAIRI, *bas à Rosemberg.*

Oui, bien perdu.

LA REINE

Es-tu content de ton voyage ? Comment trouves-tu ce château ? Tu n'oublieras pas, je l'espère, l'hospitalité qu'on y reçoit ?

ROSEMBERG

Je ne manquerai pas de m'en souvenir, madame, toutes les fois que je ferai quelque sottise.

KALÉKAIRI, *bas à Rosemberg.*

Ce sera souvent.

LA REINE

Il est fâcheux que celle-ci te coûte un peu cher.

BARBERINE

Madame, si Votre Majesté daigne m'accorder une grâce, je lui demande de consentir à ce que ce pari soit oublié.

ULRIC

Je le demande aussi, madame. Si j'avais douté du cœur de ma femme, je pourrais profiter de cette gageure, et me faire payer mon souci ; mais, en conscience, je n'ai rien gagné. Voici tout le prix que j'en veux avoir.

(Il donne à sa femme une poignée de main.)

ROSEMBERG, *à part.*

Par mon patron, voilà un digne homme.

KALÉKAIRI, *bas à Rosemberg.*

Vous êtes guéri, n'est-ce pas ?

LA REINE

Que cela vous plaise ainsi, je le veux bien. Mais notre parole royale est engagée, et nous ne saurions oublier que nous nous sommes portée pour témoin de la querelle. Ainsi, Rosemberg, tu payeras.

ROSEMBERG

Madame, l'argent est tout prêt.

KALÉKAIRI, *bas à Rosemberg.*

Que va dire votre tante Béatrix ?

LA REINE

Mais vous comprenez, comte Ulric, que si notre justice ordonne que le prix de votre gageure vous soit remis, notre pouvoir ne va pas si loin que de vous contraindre à l'accepter. — Ainsi, Rosemberg, là-dessus, tu feras ta cour à la comtesse.

ROSEMBERG

De tout mon cœur, madame, et s'il se pouvait…

LA REINE

Un instant ! nous avons appris de la bouche même de la comtesse le succès de cette aventure ; mais ces messieurs ne le connaissent pas, et il est juste qu'ils en soient instruits, ayant assisté, comme nous, aux débuts de cette entreprise. Voici deux lettres qui en parlent ; Rosemberg, tu vas nous les lire.

BARBERINE

Ah ! madame !

LA REINE

Êtes-vous si généreuse ? Eh bien ! je les lirai moi-même. En voici une d'abord, adressée au comte, et qui n'est pas longue, car elle ne contient qu'un mot : « Venez. » Signé : « Kalékairi. » Qui a écrit cela ?

KALÉKAIRI

C'est moi, madame.

LA REINE

Tu as peu et bien dit, c'est un talent rare. Maintenant, messieurs, voici l'autre.
(Elle lit.)
« Mon très cher et honoré mari,
« Nous venons d'avoir au château la visite du jeune baron de

Rosemberg, qui s'est dit votre ami et envoyé par vous. Bien qu'un secret de cette nature soit ordinairement gardé par une femme avec justice, je vous dirai toutefois qu'il m'a parlé d'amour. J'espère qu'à ma prière et recommandation vous n'en tirerez aucune vengeance, et que vous n'en concevrez aucune haine contre lui. C'est un jeune homme de bonne famille, et point méchant. Il ne lui manquait que de savoir filer, et c'est ce que je vais lui apprendre. Si vous avez occasion de voir son père à la cour, dites-lui qu'il n'en soit point inquiet. Il est dans notre grand'salle, au premier étage, où il a une quenouille avec un fuseau, et il file, ou il va filer. Vous trouverez extraordinaire que j'aie choisi pour lui cette occupation, mais, comme j'ai reconnu qu'avec de bonnes qualités il ne manquait que de réflexion, j'ai pensé que c'était pour le mieux de lui apprendre ce métier qui lui permettra de réfléchir à son aise, en même temps qu'il peut lui faire gagner sa vie. Vous savez que notre grand'salle est close de verrous fort solides ; je lui ai dit de m'y attendre, et je l'ai enfermé. Il y a au mur un guichet fort commode, par lequel on lui passera sa nourriture, ce qui fait que je ne doute pas qu'il ne sorte d'ici avec beaucoup d'avantage, et qu'en outre, si dans le cours de sa vie quelque malheur venait à l'atteindre, il ne se félicite d'avoir entre les mains un gagne-pain assuré pour ses jours.

« Je vous salue, vous aime et vous embrasse.

« Barberine. »

Si vous riez de cette lettre, seigneurs chevaliers, Dieu garde vos femmes de malencontre ! Il n'y a rien de si sérieux que l'honneur. Comte Ulric, jusqu'à demain nous voulons rester votre hôtesse, et nous entendons qu'on publie que nous avons fait le voyage exprès, suivie de toute notre cour, afin qu'on sache que le toit sous lequel habite une honnête femme est aussi saint lieu que l'église, et que les rois quittent leurs palais pour les maisons qui sont à Dieu.

FIN DE BARBERINE.

FIN